JN084297

五行歌集

折にふれて

松本葉子

市井社

五行歌集

折にふれて

五行歌集　折にふれて　目次

はじめに　長谷川和美　4

1　水芭蕉　7

2　風になびく　17

3　いきもの達　25

4　古刹の庭に　35

5　山路を辿れば　43

6　旬の味覚　55

7 隠し味 ―― 65
8 儚いもの ―― 75
9 ことの葉 ―― 85
10 黄昏の空に ―― 95
11 暮らしの中に ―― 101
12 孤をたのしめたら ―― 117
13 雪中花 ―― 125
跋 音なき音を書く　草壁焔太 139
あとがき 144

はじめに

岡山五行歌会　長谷川和美

「わたしゃ、めげとるけん、ごじゃばぁゆうてごめんよー」

これは、岡山弁であり、著者がよく口にする謙譲表現である。標準語で表すなら「私は、壊れているから、無茶ばかり言ってごめんなさいね」だ。最近、岡山県出身の芸人がテレビでも頻繁に使っているので、ニュアンスは伝わるだろう。

20年以上、岡山五行歌会を支えている存在だからこそ、この言葉が人柄を際立たせている。誰かが言わなければいけない役を、いつも担っているのであった。歌会の場面では、エネルギッシュに内から湧き出る言葉で、立て板に水のごとく歌評を言いまとめる。この流れ出る元は、趣味の旅行で、あちこちを巡られ見聞を深めていることや、演劇、音楽、アートの鑑賞にも積極的に足を運ばれていることにある。自分の内面を磨かずして切れ味のよい言葉は出て来ないと思う。

この度のご上梓にあたり、いくつか作品を読ませていただいたが、語彙の豊富さ、まとめ方、五行目の着地まで細やかに行き届いた作品ばかりであった。昔話「つるのおんがえし」で、鶴は自分の羽根を抜いて見事な錦を織りあげるが、著者がそうやって書き上げた作品を多くの人に読んでいただきたい。

Ⅰ 水芭蕉

霧雨の降る
森林公園は
水芭蕉の聖地
真白い花に清らな
乙女を連想する

桜吹雪の
ひとひらを
盃にうけ
日本の春に
戯れる

はらはらと
散りゆく桜
花も人も
定めを生きて
土に還る

世羅高原は
極彩色の
バラの花園
蝶のように
花から花を渡り歩く

五月の
葛城山は
山肌をツツジが
紅色に染め
広大なパノラマ

白木蓮は
揃って
蒼天を仰ぎ
清浄を咲き
誇っている

木蓮の
花木の影を写す
春の窓は
一幅の
水墨画のよう

早朝の蓮を観る会
開花を待つ
やおら蕾を解く
純白の大名ハス
神聖さに合掌する

手抜きせず
花びら
一枚一枚を
丁寧に育んだ
牡丹花の麗しさ

堤に咲いた
ユウスゲの
一群
対岸は
高層ビル群

沙羅の花
落ちる
音なき音が
聞こえたような
静穏の時

雪原のように
ソバの花が
広がる
遠く蒜山(ひるぜん)三座は
青く雄大

喜寿の私を
祝うかのように
赤色の椿と
白色の椿が
見事に咲いた

山茶花は
七重八重に
咲き満ち
ひらりひらり
生命を零す

生垣の
サザンカは
花びらを散らし
道辺を紅(くれない)に彩り
有終の美を飾る

七草粥で
いただいた
ホトケノザ
いつのまにか繁殖し
休耕田は淡い紫

2 風になびく

河原の岩に
白鷺が立つ
身じろぎもせず
いつまでも
悟りでも開いているのか

冬枯れの
中洲に
大輪の花が
咲いたように
白鷺が群れ立つ

豪雨で
決壊した堤は
菜の花が咲き
川は流れて
何もなかったよう

河原のススキが
白波のように
風に靡く
晩秋の日暮は
狐が駆けてきそう

晩秋の河原は
芒がさんざめき
遥か彼方は
悠悠の
山並

ぶつかり
ころがり
流された
下流の石の
優しい丸み

岩に砕ける
滝の音
天然の冷気を
浴びる
贅沢な時

河原の
荒地に咲く
一輪の虞美人草
風に揺れなまめかしい
立姿に見惚れる

かわたれ時は
河川敷の
ベンチが
退屈して
遊んでいる

3 いきもの達

トイレまで
ついてくる猫
可愛い一匹と
陳(ひね)た女の
奇妙な共生

長電話に
嫉妬して
肩に乗っかって来る
雄の猫ちゃん
スキーカワイイー

飼主に似ず
品の良い猫
暮らしに
ときめきをくれ
十歳で命を散らした

長閑な春の日
公園の白木蓮の
大樹の根方で
野良猫が
微睡(まどろ)んでいる

飼主に捨てられ
野良犬となり
自由を手にした分
ままならぬ餌に
不自由している

仲睦まじく
ミカンを啄む
メジロの番
愛らしい仕草を
そおっと眺める

緑道公園に
仰向けの蝉の屍
誰の手も借りず
往生した最期に
一抹の寂しさ

ビルの谷間を
トンボが飛んでいる
ふる里は美しい
山河があるのに
都会がいいのか

冬なのに
弱々しげな
蚊が飛んでいる
哀れで
叩くに叩けない

キンカンの実を
たら腹食べ
農家の庭先を
よろよろ歩く
ヒヨドリ

鵙（モズ）が鳴く
静けさを破る
高い声が
晩秋を
告げる

河原の石に
甲羅干しする
亀の親子の愛らしさ
長閑な光景を
橋の上から眺める

ピーマンの葉に
小さなオンブバッタ
雄を背に乗せた雌
昆虫世界も
恐妻はいるのだ

日暮れ時
葦の茂みで鳴く
牛蛙の声
不気味で
悍ましい

のろのろ台風が
去った朝
静穏の時を裂き
犬が吠え
蝉が鳴く

スズ虫の雄の
鳴き声は絶え
虫籠の中は
死に遅れた雌が
虫の息

殺処分される牛を
車に押し入れる
牛飼の男の目に涙
遣る瀬ない場面の
ニュース映像

4　古刹の庭に

古刹の庭に
雪が舞う
雪囲いの中は
麗しい
寒牡丹

古刹の
静寂に
石蕗の花
木漏れ日に
照る

いつぞや君と観た
古刹の梅は
気高く咲いて
いるだろうか
今年も変らずに

禅寺の門に入ると
静けさに包まれる
町中にあって
別世界の空間
ゆるゆると歩く

山寺の
山門に入れば
萩の花
然りげ無い
出迎えがよい

神社に咲く
梅や椿は
雅で凜とした佇まい
置かれた場所ごとの
異なる花の風情が好き

ゆるやかに続く
神社の回廊に
佇めば
裏山は
紫陽花の青海原

山寺の鐘
四方の山に
聴かせるように
撞けば
はらり紅葉散る

黙々と
草を苅る
山寺の僧
作務衣の背に
修行の汗が滲む

お寺の
説教を聴く
その時間だけは
仏心が備わった
気分になる

ライトアップされた
東寺の
枝垂れざくらに
夢幻の世界を
彷徨う

山並に囲まれた
室生寺は
歴史ある景観に
古(いにしえ)の女人たちの
祈りが根を張っている

宇陀の龍鎮神社行
奥山の登り下りは
きつかったが
深谷川の神聖な
景観に救われた

5　山路を辿れば

三千院は
山の中
苔むした
わらべ地蔵が
ほほ笑む

春の日差しに
宇治川は
青磁の波に
歴史を秘めて
流れて行く

若き日の
旅の思い出は
いつも美しい
大和路の
崩れ掛けた壁までも

安房トンネルは
幾多の山腹を
貫通したのか
細くて長く
暗い

長野県を
バスで縦断
いけども行けども
緑が眩しい
山々に抱かれる

四国みちは
遍路さんの
鈴の音が
清々しい
日常を忘れる

嶮しい道を
一歩ずつ
分け入る遍路
足もとは
春の草

五百羅漢の
山路を辿れば
懺悔の身を
満山の紅葉が
鼓舞する

紅葉の松島
雪の蔵王
小雨の角館
いろいろの天候に
祝福された北の旅

鹿威(ししおど)しの
音が
寒気を割いて
響いてくる
谷あいの温泉郷

水琴窟の音に
耳を澄ますと
先人の知恵が
乱世の人の心を
優しく癒す

鳥取の智頭の町は
造り酒屋の
赤茶けた杉玉に
白い花のような
霙が降りしきる

一面の雪景色
道べりの
食堂は人影も無く
色褪せた
暖簾が翻る

ああーわあー
歓声が上る
言葉もない
アンコールワットの
朝日

カリブ海沿に
リゾートホテルは
林立している
団体旅行で味わう
セレブな気分

空の青
海の青
五島列島の
大自然に抱かれ
心の棘が溶けるよう

教会へ入る時
「帽子は脱いで」に
「ウィッグは」と聞く
大阪のおばちゃん
ガイド失笑してOK

城の石垣と
満開の桜
風情ある光景を
日本人以上に
楽しむ海外の観光客

大空の
青さに映えた
紅リンゴ
背伸びして
次々に捥ぐ

川舟流しの
花嫁さんは
ゆっくり倉敷川を行く
川端は観光客が
犇き合っている

新春の吉備路
ウオーク
梟首台と彫られた
巨石に出会す
歴史は冷たい

6 旬の味覚

焼サンマ一匹
大根卸しの
夕ごはん
旬の味覚に
喉が鳴る

瀬戸内の
ベラタが
春を連れてきた
寿司屋のメニューが
衣更え

イカナゴの釘煮が
明石の友から
届いた
旬のおつまみで
日本酒といこう

子持ち鮎の
張り裂けそうな
おなか
労わるように
化粧塩をする

稚鮎の
天婦羅
若い命に
思いを巡らし
押し頂く

貴船の川床に
瀬音を聞き
鮎をいただく
やっと叶った
長年の願い

竹の器に
塩焼の鮎が
跳ねている
臨場感たっぷりの
盛り付の妙味

産卵して
生命(いのち)の終りに
川を下る
年魚の一生は
短くて美しい

四万十の民宿で
落ち鮎を食む
短い命を
いとおしめば
ほろ苦い味更に

野口英世一枚では
一個も買えぬ高級品
岡山特産清水白桃
安価な傷物を
美味しく食べる

青い
二十世紀梨は
子宮の
定まらぬ
少女の味だ

二十世紀梨の
果汁が
喉の渇きを
爽やかに潤す
秋だなあ

奈良から届いた
吉野の富有柿
大ぶりで艶やかで
甘いこと
上上の味に喉が鳴る

クール便で
松葉ガニ届く
一人の夕餉は
無言で
カニと対決

ダンボール
開ければ
ズラリ色白美人の
蒜山（ひるぜん）大根
今夜はおでんに決り

夕食に
藷粥を炊く
ほんのり甘くて
体も心も
ぬくぬく

一人食いの
旨さと言うが
一人者の
一人の食は
「ま　ず　い」

7 隠し味

よく生きれば
良い死が迎えらえる
とは限らない
何事につけても
ままならぬのが人生

山あり
谷ありの
人生だった
これからは
丘をのんびり

過ぎ去った日々を
巻き戻せば
涙も笑いも
人生の
隠し味

この世と
あの世の
ボーダレスを
遊泳するのが
人生の妙味

自分が選んだ
道だから
いとおしい
歩いて来た道を
これからも行く

看取りは
どんなに
心を尽くしても
後悔の念が
残るもの

完璧は
疲れる
一ヶ所
はずす釦を
捜している

寄り道した分
人生は面白い
のんびり行こう
ローカル線で
終着駅まで

消してしまいたい
そんな過去が
今では愛おしい
歳月は
妙薬となる

認知症の夫の
暴力に泣く従姉妹
ここにきて
離婚している私を
羨ましいと言う

愚痴を言わず
弱音を吐かず
耐えた人生が何よ
プライドを捨て
カミングアウト

生前は
いろいろあったが
命が終れば
良い所だけが
思い出される

年を取ったから
食べたい物を食べ
行きたい所へ行き
好きな事をして
ジェット機で天国へ

一枚又一枚と
皮を脱ぎ
伸びてゆく
若竹は
まぶしい生命(いのち)

鳩が飛び交う
公園の
ベンチに憩う
老夫婦
穏やかそうな人生

鶏頭を手に
老女が一人
お墓参り
丸い背が一生を
穏やかに語る

限界集落の
坂道を登る
老人のО脚は
土と共に
生きた証

8　儚いもの

相手の
欠点を
受け入れる
広い心
それが愛では

女心を
知り尽くしたような
男に趣味を問う
「一生恋する事」と
言い放った

男の恋は
句読点があり
女には
それがなく
延延と続く

恋愛の
甘美な時は短い
もどかしく頼りなく
苦しい時が
長いもの

それは時に
面倒で
不自由なのに
人は一生
愛を欲しがる

行き摺りの
恋は
儚いけれど
何年たっても
色落ちしない

夫婦愛は
壊れると
恐ろしい
どんな愛も憎しみに
変ってしまうから

鳳仙花で
爪を染めた
「つま紅」の女性
平安時代も今も
お洒落心は変らない

金銀漆の
糸が綾なす
女帯が
怪しく光る
夜の街

人はみんな
淋しいから
他人（ひと）と繋がろうと
愛を求めて
さ迷う

若き日の
愛の炎は
年と共に
白炭と化し
行末を案ずる

美魔女は
男は嫌いが
売言葉で
何人もの男を
手玉にとる

湯上りの白い乳房を
差し上げて
拭く仕草が
艶めかしい
灰になるまで女色

愛しているから
許せないと
言うのは
愛ではなく
意地ではないか

百花を愛する男も
いつしか
一つ花を愛でる
人になる
歳月は魔法

大学生の
息子を構う母
過ぎたる母性愛は
見ていて
気持が悪い

すべての泥を
親が被り
世間知らずで
苦労もせず
親の顔に泥を塗る

9　ことの葉

「恋に死ねたら
悔いはない」と
言えるのは
恋に死に損なった
人が吐く言葉

何かを
究めた人の
語りは
重厚で深く
胸の奥まで届く

上手ですねは
素人への誉め言葉
プロは巧くて当然
何も言わなくていい
感動すればいい

尽くしたと言う
女の言葉は
眉唾もの
尽くしてくれたと
言う男の言葉は真実

幸せが
薄いと言い
酒を飲む女の
咳さえも
遣る瀬ない夜

言葉には
嘘があるが
行為は
一つの嘘も
無い

あなただからと
煽てられ
喜んでいる
甘っちょろい
男（ひと）　女（ひと）　人

階段をゆっくり
登る老女
十年後の
わが影に
「お気をつけて」

「もおろくじじい」
上品な奥さんの大声
横柄な夫に
堪忍袋の緒が
切れたらしい

「お元気ですね」と
お声かけしたら
庭先の花を
摘んで下さった
ご近所さん

お向いの主人は
寡黙な人だが
「こりゃあええ」
「ええ花じゃ」と
白い椿に語っている

雪が降っているから
出掛けないと言えば
「こおいう時だから
出て行く」と
負けました

運命は
自分がつくると
断言されると
スランプの時
救われない

老人はいつも
別れ際に
「お名残り惜しい」と
嬉しかった
その一言が

備前岡山は
ええところじゃ
ふる里自慢なら
いくらでも喋れる
誰にも負けりゃーせん

「健気だ」と言えば
「女性に対して言う事だ」と
じゃあ「凜々しい」と
言います
言葉使いは難しい

10 黄昏の空に

黄昏の空に
トランペットの
音響が
吸い込まれていく
野外音楽会

街はＬＥＤに輝き
夜空には
スーパームーン
今夜は天と地の
光の競演

街のコンビニは
店頭に赤い
おでんの幟りが立ち
風にはためいて
冬がやってくる

プレゼントの
夏帽子が
嬉しくて
買物もないのに
街に出る

パナマ帽子に
麻のジャケット
街で見た老紳士の
出で立ちに
一目惚れした

髪を弄る
男子学生
大股を開いて
座り込む女学生
「乱世じゃ」

男性が手に
メイク用品を持つ
平和な日本
その手が武器を
握らないよう願う

人物埴輪の
空空の目は
静謐に
古墳時代の
ロマンを語る

共に暮らした
フランス人形が
廃品回収車に
乗ってゆく
「メルシー」

11　暮らしの中に

柚子を売る
おばちゃんの
冬至はゆず湯じゃ
温もるでーに
五個も買った

鈴生りのビワ
眺めていたら
「いけてみんせえ」と
一枝折って
農夫さし出す

塀ごしに
両手に山盛り
千切りたての
ビワを貰う
初夏の朝

合服を
やっと出し終えたら
はや夏服の季節
動きが遅くなった分
地球の動きが速くなる

孫自慢は
二度聞かされると
うんざりだ
時に失敗する
アホな私

おしゃべりが
したくて堪らない
近所の主婦
春キャベツを持って
やって来る

「御裾分けよ」と
一切れの鰤大根
ラップに包み
持って来た
友のいる幸せ

向いの若夫婦宅
昨日今日と届いた
宅配ピザ
よっぽど
好きなんだろうな

戴き物は
全部デパート品
スーパー商品で
暮らす身には
御もったいない

手入れのゆき届いた
隣家の庭を
愛でるひととき
持たざる者には
無為の幸せがある

ホウキ草を
三株植える
真っ赤に色付く
秋の日の景を
想像しながら

「妻より大谷」
ＷＢＣ応援席の
プラカードに
思わず
失笑する

時は人を
縛らない
自分の一心が
現在の時間に
囚われているのだ

存在感のある
ジャン・ギャバンに
嵌りこんで
仏映画のＤＶＤ
十作品に遊ぶ

思い出は
静止した
時の中にあり
未来は進行する
時間にある

頭痛でＭＲＩを
コンコンコン
グオーグオー
二十分間の騒音に
痛みが凹んだ

月曜日の
整形クリニックは
患者が犇めく
待つ間に数えると
四十九名

昭和の家庭用品は
思い出すだけで
温かい気分に
火鉢　七輪
練炭　豆炭

ドサ回りの
お芝居は義理と
人情狂言が売り
子どもながら泣いた
七十年も昔

昔の海水浴場は
美しかった
砂浜で桜貝を拾い
ヤドカリと戯れた
あの海は今では

再放送の
大岡越前を見る
情あるお裁きに
涙している私
全く老女モード

鞆（とも）の津の裏通りは
鉄のポンプの傍に
水神様が祀られ
懐かしい昭和の
息吹がある

繁華街の
裏通りの喫茶店は
昭和の
ノスタルジーに
ひたるに格好

百二十年昔の
家が解体される
母は泪した
兄妹で背比べした
柱は遺されて

12 狐をたのしめたら

たおやかに
桃を捥る
夢二画の女
一度でいいから
そんな女になれたら

弱い立場の
人達から
勇気をもらったと
人はみんな
強そうで弱いんだ

人と人が
繋がっている
安心感は
常に切れた時の
不安を内包している

すべてを
包み込める
人は
善も悪をも
経験している人

石のような
冷たい心でも
絹のような
優しさには
解(ほぐ)れていく

見栄を張る
男が少なくなった
身銭を切れば
その粋に
女が惚れるのに

たまには
昔話もいいが
今を語る
活き活きした
老人が魅力的

歳月が
人を変えるのではなく
人の生き方が
少しずつ
人を変えるのだ

人がどう思うか
そんな思いで
作った歌に
良いものが
ある訳がない

温もりや優しさを
求めている間は
半人前
孤を楽しめたら
一人前

あの人に
教わったのは
生真面目の
恐ろしさだった
不真面目が思う

時間に
ルーズな人を
許せない
そんな事にイラっとする
自分も許せない

おーいと
プラットホームで
呼ばれ
そんな間柄？　と
考えてしまう

13 雪中花

若かった
母さんと
散歩した土手
今年も咲いたよ
宵待草

乳飲子の私は
床下の防空壕で
救われた
戦後七十年
平和を生きた

軍港の町
横須賀で生れ
呉の町に一年弱
海軍さんだった父と
優しい母に育まれた

父の肩車で見た
大名行列
何もかも立派で
ゆったりしていた
半世紀昔の行事

大空に奴凧が
舞い上る
河川敷の
父子(おやこ)が紡ぐ
幸せの時間

孫が帰って行き
静まった居間
千代紙で作った
ツルと風船の
可愛らしい忘れ物

遠慮がちに
キスはと聞けば
言下に
「ある」と
高三の男子孫

大晦から三輪神社で
巫女のバイトをした
高校一年生の孫
「寒いしきついし
甘うないでー」

切れる事のない
男子の孫は
仲間から
仏の「青木」と
呼ばれ喜んでいる

純粋で素直で
優しすぎる男孫
強くなれよ
逞しく生きろと
心の鞭を振る

薬剤師の娘は
医者に行くな
薬は飲むな
ほっとけば治ると
叱咤激励する

老女のハレの日
味よく甘さ控えめ
目にも美しい
スイーツ
双子の孫娘と食べる

亡くなって
年年良い人に
なっていく夫
十月は
七回忌法要

祖母が唄ってた
明治時代の数え唄
「憎み受けるはー
わが心からー」
含蓄に富むものだった

老女が梅の小枝に
顔を近づけ
香を聴く
その仕草に
亡き母が浮かぶ

寝たきりの母に
車椅子で
青空を
見せてあげる
「天国じゃ」と

店売の太いニラは
香りも味も劣る
亡母が包丁で刈った
家の畑のニラが
本物の韮じゃ

孫よ　よく聞け
大手に就職できたのは
神仏に頼み込んだ
ばあちゃんのお陰よ
自分の力を過信するなよ

三つ違いの
妹が
認知症入門
両肩に鉛の板が
乗っかった気分

枯草の中に咲く
二輪の雪中花
うつむいた花姿は
照れ性だった
双子の孫娘を彷彿と

年ごとに
母に似てきた
親のＤＮＡが
私の体の隅々に
しっかり生きている

跋　音なき音を書く

草壁焰太

世羅高原は
極彩色の
バラの花園
蝶のように
花から花を渡り歩く

沙羅の花
落ちる
音なき音が
聞こえたような
静穏の時

雪原のように
ソバの花が
広がる
遠く蒜山（ひるぜん）三座は
青く雄大

中国山脈を背景に描かれた花の美しさ、瑞々しく、静かである。花の散る音なき音がこの歌集に漂うようだ。

蒜山三座！　小豆島という比較的近くに育ちながら、私はその付近に行ったことがないのを、悔しく思った。どんなに雄大だろう。いつか間近に見てみたい。

キンカンの実を
たら腹食べ
農家の庭先を
よろよろ歩く
ヒヨドリ

四万十の民宿で
落ち鮎を食む
短い命を
いとおしめば
ほろ苦い味更に

ゆるやかに続く
神社の回廊に
佇めば
裏山は
紫陽花の青海原

存在感のある
ジャン・ギャバンに
嵌りこんで
仏映画のＤＶＤ
十作品に遊ぶ

日常の生活や旅先で見た光景も鮮やかで、心が籠っている。歌集のタイトルの『折にふれて』の歌であるが、その折々の詩情が作者の人生なのである。決して平凡な時ではない。好みの男がジャン・ギャバンだといわれれば、大方の男は黙ってしまう。好みは自由で、高度であっていい。折にふれて、示される人生観にも、もの思わせるものがある。

時は人を
縛らない
自分の一心が
現在の時間に
囚われているのだ

言葉には
嘘があるが
行為は
一つの嘘も
無い

弱い立場の
人達から
勇気をもらったと
人はみんな
強そうで弱いんだ

人生の歌はそう多くないが、いろいろあったようである。その間に、人を見る目、世を見る目は育った。人生は、呉で始まったという。お父さんは軍人だった。彼女は私より五歳くらい若いが、最後の戦時中の生まれらしい。

同じ歴史を生きてきたと思い、親近感を持った。

こうして、よい五行歌を書かれ、優れた歌集も纏められた。よかったと思う。

あとがき

五行歌と出合い二十年、一月には健康に傘寿を迎えました。それらの節目を記念して歌集を上梓することにしました。

飽き性で移り気な私が長きに亘り、五行歌を続けてくることができましたのは、草壁主宰の創造された五行歌が、形式ばらず、自由に思いを吐露できる詩歌であることでした。又、主宰の謙虚で温和なお人柄の賜物だとも思っております。

主宰は五行歌を日本のみならず、海外までも普及させ、多くの歌人を世に送り出しておられます。

月刊『五行歌』には沢山の秀歌が掲載されております。歌人の思いに触れ、感動や刺激をいただき、歌作りの活力にしています。

わたくしどもの岡山歌会では、八木大慈さんの歌への情熱、本郷亮さんの広い視野、長谷川和美さんの豊かな感性等々、他の皆さんも多士済済であり、いろいろと学ばせてもらっています。

またこれからもポジティブに、歌と共に歩んでいければとも思っております。

これまでの人生に関わって下さいました、多くの方々に心より感謝いたします。

最後になりましたが、発刊に際しまして、五行歌の会主宰はじめ、三好叙子さん、井椎しづくさん、水源純さん関係者の皆さまにご尽力いただき心より御礼申し上げます。

松本葉子

松本葉子（まつもと ようこ）
1944 年生まれ
1965 年　ドレスメーカー女学院卒業
1966 年　結婚　倉敷市に住む
1967 年　長女出産
1969 年　次女出産
1978 年　就職
2003 年　岡山五行歌会入会
2004 年　五行歌の会会員
2014 年　五行歌の会同人
2015 年　夫他界
現在、岡山市在住

松本葉子五行歌集　折にふれて

2024年5月25日　初版第1刷発行

著　者　　松本 葉子
発行人　　三好 清明
発行所　　株式会社 市井社（しせいしゃ）
〒162-0843
東京都新宿区市谷田町 3-19 川辺ビル 1F
電話　03-3267-7601
https://5gyohka.com/shiseisha/

印刷所　　創栄図書印刷 株式会社
装　丁　　しづく
題　字　　栗原桂雪
写　真　　著者

ISBN978-4-88208-211-8

五行歌五則

一、五行歌は、和歌と古代歌謡に基いて新たに創られた新形式の短詩である。

一、作品は五行からなる。例外として、四行、六行のものも稀に認める。

一、一行は一句を意味する。改行は言葉の区切り、または息の区切りで行う。

一、字数に制約は設けないが、作品に詩歌らしい感じをもたせること。

一、内容などには制約をもうけない。

五行歌とは

五行歌とは、五行で書く歌のことです。万葉集以前の日本人は、自由に歌を書いていました。その古代歌謡にならって、現代の言葉で同じように自由に書いたのが、五行歌です。五行にする理由は、古代でも約半数が五句構成だったためです。

この新形式は、約六十年前に、五行歌の会の主宰、草壁焰太が発想したもので、一九九四年に約三十人で会はスタートしました。五行歌は現代人の各個人の独立した感性、思いを表すのにぴったりの形式であり、誰にも書け、誰にも独自の表現を完成できるものです。

このため、年々会員数は増え、全国に百数十の支部があり、愛好者は五十万人にのぼります。

五行歌の会　https://5gyohka.com/
〒162-0843東京都新宿区市谷田町三ー一九
川辺ビル一階
電話　〇三（三二六七）七六〇七
ファクス　〇三（三二六七）七六九七